The Story of Easter
La Historia de la Pascua

The Story of Easter
La Historia de la Pascua

by Patricia A. Pingry

Illustrated by
Stacy Venturi-Pickett

ideals children's books™
Nashville, Tennessee

ISBN 0-8249-4204-3

Published by Ideals Children's Books

An imprint of Ideals Publications

A division of Guideposts

535 Metroplex Drive, Suite 250

Nashville, Tennessee 37211

www.idealspublications.com

Printed and bound in Mexico by R. R. Donnelley & Sons.

Library of Congress CIP Data on file

Designer, Marisa Calvin

Copy Editor, Amy Johnson

10 8 6 4 2 1 3 5 7 9

For Brandon

To Parents and Teachers:

The Story of Easter, La Historia de la Pascua is one of a series of bilingual books specially created by Ideals Children's Books to help children, and even their parents, learn to read both Spanish and English.

If the child's first language is English, he or she will understand and be able to read the text on the left-hand pages of this book. If the child wishes to read Spanish, he or she will be able to read the right-hand pages of the book. Whether the child's native language is English or Spanish, he or she will be able to compare the text of the two pages and, thus, learn to read both English and Spanish.

Also included at the end of the story are several common words listed in both English and Spanish that the child may review. These include both nouns, with their gender in Spanish, and verbs. In the case of the verbs, the Spanish verbs have the endings that indicate their use in the story.

Parents and teachers will want to use this little book as a starting discussion on the differences in the grammar of each language.

A LOS PADRES Y LOS MAESTROS:

The Story of Easter, La Historia de la Pascua es parte de una serie de libros bilingüe hecho especialmente por Ideals Children's Books para ayudar a los niños y a sus padres a aprender como leer en los dos idiomas, español e inglés.

Si el primer idioma del niño es inglés, él puede leer y entender lo que está escrito en la página a la izquierda. Si el niño quiere leer en español, él puede leer las páginas a la derecha. Cualquiera que sea el idioma nativo, el inglés o el español, el niño podrá comparar lo escrito en las dos páginas y entonces aprenderá como leer en inglés y en español.

Al final de la historia es incluida para repasar una lista de varias palabras comunes en el inglés y el español. La lista tiene ambos nombres, con el género y verbos en español con los fines que indican el uso en la historia.

Los padres y los maestros tendrán ganas de usar este librito para empezar a platicar de las diferencias en la gramática entre estos idiomas.

When spring comes, baby animals are born, and flowers begin to bloom.

Cuando llega

la primavera,

nacen los

animalitos

y las flores

comienzan

a florecer.

Springtime also
brings Easter.
On Easter we
remember Jesus
and what He did
for us.

La primavera también trae la Pascua. En la Pascua recordamos a Jesús y lo que Él hizo por nosotros.

Jesus loved

all boys

and girls,

and moms

and dads too.

He was

called the

Good Shepherd.

Jesús amó a todos

los niños

y las niñas,

y también

a las mamás

y a los papás.

Le llamaban

El Buen Pastor.

But some men

did not like Jesus.

They put Him

on a cross to die.

His friends

were sad.

Pero algunos hombres no querían a Jesús. Lo clavaron en una cruz para que muriera. Sus amigos estaban tristes.

On that first Easter, Jesus' friends met an angel. He told them, "Jesus has risen! He is alive today!" His friends were very happy.

En esa primera
Pascua, los
amigos de Jesús
vieron a un ángel
que les dijo:
"¡Jesús ha
resucitado!
¡Hoy Él está vivo!"
Sus amigos
estaban
muy felices.

We celebrate

Easter because

Jesus lived again

on that first

Easter morning.

Celebramos

la Pascua porque

Jesús volvió a vivir

esa primera mañana

de Pascua.

Churches place crosses on their steeples to remind us of Jesus' love.

Las iglesias
colocan
cruces en sus
campanarios
para
recordarnos
del amor
de Jesús.

Now on
Easter morning
you'll know that
Jesus loved us
so much that . . .

De ahora en
adelante,
en la mañana
de Pascua
sabrás que
Jesús nos amó
tanto que . . .

He gave His life for us so that we can live too.

Él dio su vida por nosotros para que también podamos vivir.

Vocabulary words used in

The Story of Easter
La Historia de la Pascua

English	Spanish	English	Spanish
story	la historia	us	nosotros
Easter	la Pascua	he loved	amó
when	cuando	all	todos
it comes	llega	boys	los niños
spring	la primavera	girls	las niñas
are born	nacen	mothers	las mamás
and	y	fathers	los papás
animals	los animalitos	good	buen
flowers	las flores	shepherd	el pastor
they begin	comienzan	they called	llamaban
to bloom	florecer	they laid	ponían
also	también	his	su
it brings	trae	branches	las ramas
on	en	palm	la palma
we remember	recordamos	path	el camino
Jesus	Jesús	but	pero
he did	hizo	some	algunos
for	por	men	los hombres

English	Spanish	English	Spanish
did not like	no querían	Sunday	el domingo
they nailed	clavaron	we go	vamos
cross	la cruz	church	la iglesia
die	muriera	we sing	cantamos
friends	los amigos	to	a
were	estaban	they place	colocan
sad	tristes	crosses (n)	las cruces
that	esa	steeples	los campanarios
first	primera	to remind us	recordarnos
they saw	vieron	love	el amor
angel	el ángel	of	de
he told them	les dijo	now	ahora
has risen	ha resucitado	ahead	adelante
today	hoy	you will know	sabrás
is alive	está vivo	so much	tanto
very	muy	that	que
happy	felices	he gave	dio
we celebrate	celebramos	life	la vida
because	porque	so that	para que
morning	mañana	we can	podamos
the	el	to live	vivir